EL BARCO DE VAPOR

# Lágrimas de risa

Joles Sennell

Traducción de Marinella Terzi



sm

HABÍA una vez un matrimonio que, después de muchos años, vieron cumplido su deseo de tener hijos, y les nacieron gemelos.

En la clínica donde nacieron, los médicos revisaron a los niños y les dijeron a los padres:

—Son niños normales, pero están vacíos por dentro.

Al principio, la madre se quedó un poco sorprendida por las palabras de los doctores, pero enseguida replicó:

—Muy bien. Si están vacíos, ya los llenaremos.

Se los llevaron a su casa y, como estaban muy contentos de tenerlos con ellos, los fueron llenando de alegría, un poco cada día.

Fue así como los hermanos, que se llamaban Noh y Bar, crecieron llenándose de alegría.

Y a medida que se hacían mayores, más alegría les cabía en su interior.

Por eso, cuando los gemelos fueron mayores, se hicieron payasos.

Iban por pueblos
y ciudades, actuaban
en las plazas y las calles
y, después, pasaban
el platillo.

THE UNITED STATES OF AMERICA
ONE

Como todo el mundo estaba muy satisfecho de haber reído tanto y tan a gusto, los llenaban de monedas.

A los hermanos Noh y Bar les gustaba vivir así.

Su fama comenzó a extenderse por todas partes y llegó a oídos de un gran empresario de espectáculos, que los fue a ver y les dijo:

—Si trabajáis para mí, os construiré un circo solo para vosotros. Os podrá ver mucha más gente y, encima, os ganaréis muy bien la vida.

13.07.05
4679,89*
+0,58%
L-Dax (Schluß)
4677,69
10 000
Sep.
Nov.
Jan.
März
13.07.05
10 546,71*
+0,35%
März
Mai
Juli
1,22
1,18
Juli

Los payasos aceptaron
la oferta y comenzaron a ir
por los pueblos y las ciudades
en un circo magnífico
que se llamaba Circo de la Alegría.

En su gran carpa cabía mucha gente, cómodamente sentada.

Y como la fama de los hermanos no paraba de crecer, los llamaban de todas partes del mundo.

Pero resulta que los quisieron contratar desde la capital de un país que estaba amenazado de guerra. El empresario les dijo que no fueran, que aquel no era un lugar seguro.

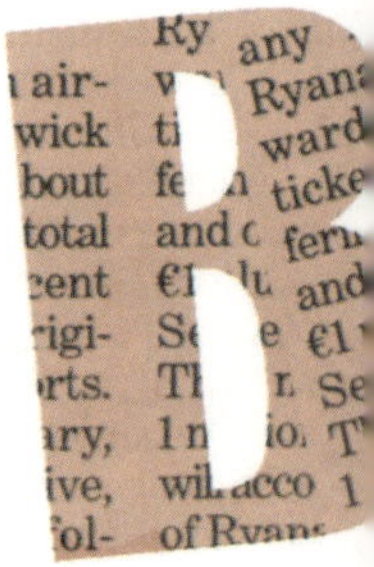

processing
from outside the U.S.

Sin embargo, Noh y Bar decidieron que no podían privar de un ratito de diversión a los pobres habitantes de aquel país, que ya bastante preocupados estaban por la amenaza de la guerra. Y fueron.

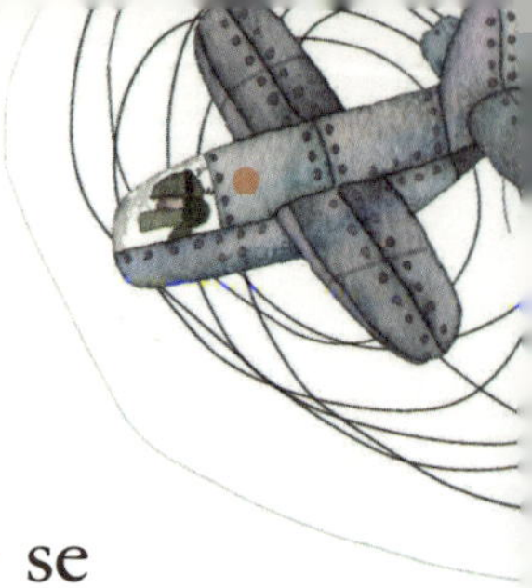

El día de la primera representación, a media función, cuando la gente se moría de risa con las payasadas de Noh y Bar, empezó a oírse en lo alto del cielo un sonido inquietante. Eran los motores de un enjambre de aviones de guerra que se acercaban por el aire.

Al poco rato se oyeron los silbidos de las bombas. Y, después, el estallido de las explosiones. Había comenzado la guerra aquel mismo día, en aquel preciso momento.

ja

Una de las bombas cayó en el circo. Los gemelos payasos no sufrieron ningún daño, pero desde la pista vieron, horrorizados, cómo su circo se venía abajo y quedaba destruido en unos segundos. Todo saltaba por los aires, entre explosiones, llamaradas y humo. Y vieron cómo muchos espectadores caían malheridos o muertos.

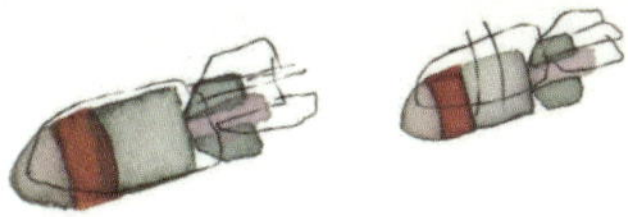

Y los pocos que no eran tocados
por la destrucción huían aterrados.
Las risas de tan solo unos momentos
antes eran ahora gritos y gemidos.

Noh y Bar quedaron tan impresionados por las desgracias que acababan de ver,

que toda la alegría que tenían dentro se puso agria y se transformó en lágrimas amargas.

Del circo solo quedó un gran montón de hierros retorcidos en medio de la plaza donde lo habían levantado, y un trozo de lona que las llamas no habían podido acabar de devorar.

Noh y Bar fueron rescatados por la Cruz Roja Internacional y se llevaron como triste recuerdo el trozo que quedaba de la lona quemada de su circo.

Pero ya no podían hacer reír. Ahora, lo que tenían dentro no era alegría, sino la gran pena de los horrores de la guerra en forma de lágrimas.

Con solo mirarlos o escucharlos,
a la gente le entraban ganas
de llorar.

Los gemelos payasos
provocaban ganas de llorar
hablando o callando,
parados o en movimiento,
poniendo cara de pena
o sin tensar ni un músculo.

En vista de que no
podían hacer reír,
el empresario les dijo
que era mejor que dejaran
de hacer el payaso
y los despidió.
Pero como Noh y Bar
no podían hacer otra
cosa más que actuar
para transmitir a los
espectadores todo
lo que llevaban dentro,
decidieron volver a hacer
payasadas por las calles
y las plazas, aunque
en vez de provocar la risa
provocaran el llanto.

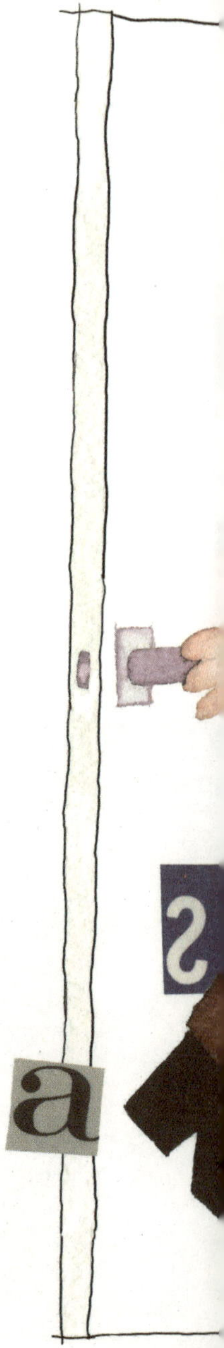

Como antes, cuando
Noh y Bar trabajaban,
la gente se apelotonaba
a su alrededor.
Los espectadores los miraban
y les escuchaban atentamente,
mientras sentían que les
inundaba una pena
muy grande que recorría
todos los rincones
de su cuerpo como si buscara
un lugar por el que salir,
hasta que se quedaba parada
tras los ojos.

Cuando los payasos daban por terminada su actuación, la pena de cada espectador se hacía lágrima y salía poco a poco por el ojo izquierdo o por el ojo derecho, según como tuviera inclinado el corazón cada cual.

Era una lágrima especial que crecía hasta hacerse grande como una avellana, se endurecía como el cristal y quedaba inmóvil sobre la mejilla de quien la había llorado.

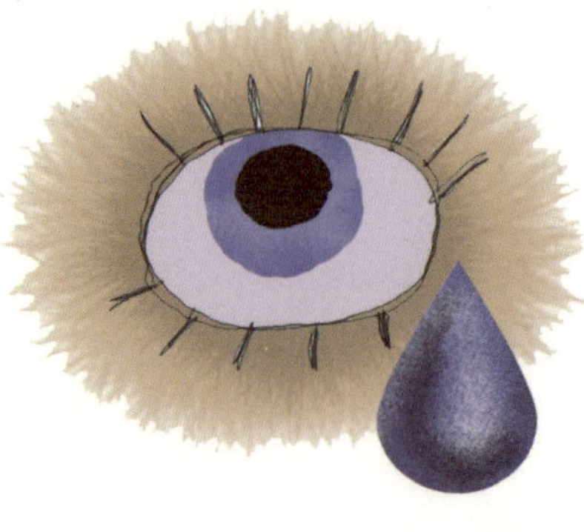

Entonces, Noh y Bar pasaban el platillo y, en vez de monedas, recogían las lágrimas y las ponían dentro de un saco que habían mandado hacer con el trozo de lona rescatado de los restos del Circo de la Alegría.

A medida que los espectadores dejaban caer la extraña lágrima de cristal y el saco se llenaba, los payasos gemelos notaban que su interior se iba vaciando de aquella carga amarga. Y cuando se acabó la guerra, ellos tenían el saco lleno y sintieron que volvían a estar vacíos como el día de su nacimiento.

Con la paz restablecida en el país que había estado en guerra, regresaron a la plaza de la última actuación, donde nadie había tenido tiempo, todavía, de retirar el montón de hierros retorcidos del circo bombardeado.

Fueron colgando, de una en una, las lágrimas en aquel montón de metal hasta que vaciaron el saco. Había tantas que, cuando acabaron, el sol ya se ponía.

Los rayos de sol atravesaron las lágrimas y aquella estructura se iluminó con miles y miles de pequeñas chispitas de luz.

A los payasos, que estaban justo debajo, les cayó encima una lluvia de claridad que los llenó de un resplandor sereno de paz y bienestar.

El sol se ocultó en el horizonte y las luces se apagaron. Pero en los payasos quedaba la claridad prodigiosa que había calado muy dentro de ellos.
Los dos payasos estuvieron un rato en silencio, mirándose, sorprendidos y maravillados.
Luego, sonrieron, mientras a su alrededor el día oscurecía tranquilamente, sin alarmas ni peligros.

Desde aquel atardecer,
Noh y Bar no solo han recobrado
la alegría de antes de la guerra,
sino que llevan dentro la luz
de la paz, y sus actuaciones
conmueven tan profundamente
a los espectadores que al final
todos lloran de alegría,
que es la manera más hermosa
de llorar.

## TE CUENTO QUE JOLES SENNELL...

*... es el seudónimo con el que el escritor Pep Albanell publica sus libros para niños desde hace casi treinta años. Además de escribir, a Pep Albanell le encanta leer, pasear, charlar y comer con sus amigos –si es paella, pan con tomate o tortilla de patatas, mejor que mejor–. Como su mente no puede estar parada ni un segundo, disfruta escuchando música, viendo cine y teatro, haciendo solitarios, inventando cosas... O recordando las navidades nevadas de su infancia en la Seo d'Urgell.*

*Su deseo actual sería tener un huerto para trabajar la tierra con sus propias manos; pero pequeñito, para no cansarse demasiado.*

**Joles Sennell** nació en Vic (Barcelona) en 1945. Comenzó a estudiar Periodismo, pero finalmente optó por la Filosofía. A lo largo de los años ha trabajado como vendedor, encuestador y oficinista en diferentes entidades, y en la actualidad se dedica exclusivamente a la literatura. Sennell ha escrito poemas, artículos, cuentos, obras de teatro, novelas y guiones de cine y televisión.

# ¿QUIERES LEER MÁS?

SI HAS DISFRUTADO LEYENDO **LÁGRIMAS DE RISA** PORQUE TRANSMITE LA IMPORTANCIA DE LA RISA Y LA ALEGRÍA, TAMBIÉN TE EMOCIONARÁ **EN LA LUNA DE VALENCIA**, que cuenta la necesidad que tiene Quique de estar junto a Luisa, una antigua amiga, para poder ser feliz.

***EN LA LUNA DE VALENCIA***
*Luisa Villar Liébana*
*EL BARCO DE VAPOR, SERIE BLANCA, N.º 75*

SI, COMO LOS PROTAGONISTAS DE **LÁGRIMAS DE RISA**, TÚ TAMBIÉN TIENES CLARO QUE PARA SER FELIZ HAY QUE ESTAR EN PAZ Y BUENA COMPAÑÍA, NO DEJES DE LEER **EL CLUB DE LOS CORAZONES SOLITARIOS**, la historia de Tor y el club que fundó para conseguir que las personas solas fueran felices.

***EL CLUB DE LOS CORAZONES SOLITARIOS***
*Ulf Stark*
*EL BARCO DE VAPOR, SERIE AZUL, N.º 90*

SI TE LO HAS PASADO MUY BIEN LEYENDO ESTE LIBRO PORQUE TE GUSTAN LAS OBRAS QUE HABLAN DEL CIRCO Y DESCRIBEN ESE AMBIENTE TAN PINTORESCO, LÉETE **EL APRENDIZ DE MAGO**, que cuenta cómo Max consigue lo que más desea: ser ayudante del mago de un circo famoso.

***EL APRENDIZ DE MAGO***
*Ulf Nilsson*
*EL BARCO DE VAPOR, SERIE AZUL, N.º 83*

Y TAMBIÉN **LA PULGA RUSIKA**, que relata el larguísimo viaje que tuvo que hacer Rusika para alcanzar su propósito de ser bailarina profesional en un famoso circo de pulgas ruso.

***LA PULGA RUSIKA***
*Mariasun Landa*
*EL BARCO DE VAPOR, SERIE AZUL, N.º 97*

www.literaturasm.com

*Primera edición: octubre 2005*
*Decimotercera edición: diciembre 2011*

Dirección editorial: Elsa Aguiar
Ilustraciones: Tesa González
Traducción del catalán: Marinella Terzi

Título original: *Conte de riure, conte de plorar*

Impresores, 2
Urbanización Prado del Espino
28660 Boadilla del Monte (Madrid)
www.grupo-sm.com

ATENCIÓN AL CLIENTE
Tel.: 902 121 323
Fax: 902 241 222
e-mail: clientes@grupo-sm.com

ISBN: 978-84-675-0580-1
Depósito legal: M-42476-2010
Impreso en la UE / *Printed in EU*